हिन्द पॉकेट बुक्स

महान सुधारक

अन्ना हज़ारे

मंदिर के एक कमरे में रहना, एक बिस्तर और कुछ कपड़े और खाने को एक थाली – सादा जीवन, उच्च विचार।

देश पर मर मिटने की तमन्ना, करोड़ों लोगों की भलाई के लिए। देखना सपने खुशहाल भारत के और हरदम भूखे-प्यासे जुटे रहना सपनों को साकार करने के लिए।

बाल हठ की सुनी, राज हठ की भी, पर यह तो एक संत की हठ है, जो बदल देना चाहता है, देश का नक़्शा, मिटा देना चाहता है, जड़ों से भ्रष्टाचार। उन्हीं हज़ारों में एक अन्ना हज़ारे की सचित्र प्रेरक जीवन-कथा, जो बच्चों के भी प्यारे हैं, प्रेरणाओं के महान स्रोत।

सुरुचिपूर्ण एवं प्रेरक सचित्र जीवनी

महान सुधारक

अन्ना हज़ारे

शमीम ख़ान

हिन्द पॉकेट बुक्स

पेंगुइन रैंडम हाउस इम्प्रिंट

हिन्द पॉकेट बुक्स

यूएसए | कनाडा | यूके | आयरलैंड | ऑस्ट्रेलिया | सिंगापुर
न्यू ज़ीलैंड | भारत | दक्षिण अफ्रीका | चीन

हिन्द पॉकेट बुक्स, पेंगुइन रैंडम हाउस ग्रुप ऑफ़ कम्पनीज़ का हिस्सा है,
जिसका पता global.penguinrandomhouse.com पर मिलेगा

पेंगुइन रैंडम हाउस इंडिया प्रा. लि.,
चौथी मंजिल, कैपिटल टावर -1, एम जी रोड,
गुड़गांव 122 002, हरियाणा, भारत

पेंगुइन
रैंडम हाउस
इंडिया

प्रथम संस्करण हिन्द पॉकेट बुक्स द्वारा 2012 में प्रकाशित
यह संस्करण हिन्द पॉकेट बुक्स में पेंगुइन रैंडम हाउस द्वारा 2022 में प्रकाशित

10 9 8 7 6 5 4 3 2

इस पुस्तक में व्यक्त विचार लेखक के अपने हैं, जिनका यथासंभव तथ्यात्मक
सत्यापन किया गया है, और इस संबंध में प्रकाशक एवं सहयोगी
प्रकाशक किसी भी रूप में उत्तरदायी नहीं हैं।

ISBN 9789353491734

मुद्रकः रेप्रो इंडिया लिमिटेड

www.penguin.co.in

FSC www.fsc.org
MIX
Paper from responsible sources
FSC® C047271

This is a legitimate digitally printed version of the book and therefore might not
have certain extra finishing on the cover.

क्रम

अन्ना हज़ारे

किशन बाबूराव हज़ारे को आज सारी दुनिया अन्ना हज़ारे के नाम से जानती है, यहां उनकी जीवन-कथा दी जा रही है। महाराष्ट्र के एक छोटे से गांव रालेगण सिद्धी में जन्मे अन्ना हज़ारे बड़े होकर फौज में भर्ती हो गए। स्वामी विवेकानंद की किताब 'जीवन का धागा' पढ़ने के बाद उन्हें जीवन जीने की प्रेरणा मिली। समाज सेवा को उन्होंने अपने जीवन का उद्देश्य बना लिया। पहले अपने गांव रालेगण सिद्धी को आदर्श गांव बनाया, फिर महाराष्ट्र में भ्रष्ट नेताओं और अधिकारियों के विरुद्ध मुहिम छेड़ दी। जन लोकपाल बिल के लिए किए देश-भर में आंदोलन ने उन्हें लोकनायक बना दिया। आइए, इस लोकनायक के बताए ईमानदारी के रास्ते को अपनाने के लिए पढ़ें यह किताब।

– शमीम ख़ान

अन्ना हज़ारे का बचपन

अन्ना हज़ारे का वास्तविक नाम किशन बाबूराव हज़ारे है। प्यार से लोग उन्हें अन्ना हज़ारे कहते हैं। मराठी भाषा में 'अन्ना' का अर्थ होता है बड़ा भाई। उनका जन्म 15 जून 1938 को महाराष्ट्र के अहमद नगर जिले के भिंगनगर कस्बे में हुआ था। किशन के जन्म के समय उसके दादा भिंगनगर में सेना की ओर से तैनात थे और उनके पिता बाबूराव हज़ारे एक आयुर्वेदिक फार्मेसी में बतौर मजदूर काम करते थे। किशन का परिवार काफी बड़ा था। किशन सहित कुल सात भाई-बहन थे।

1945 में किशन के दादा का निधन हो गया, लेकिन उसके बाद भी किशन के पिता बाबूराव हज़ारे ने भिंगनगर से न जाने का फैसला किया। पिता की आकस्मिक मृत्यू के सात साल बाद 1952 में बाबूराव ने अपने पैतृक गांव लौटने का निर्णय लिया। आयुर्वेदिक फार्मेसी की नौकरी छोड़कर वह अपने गांव रालेगण सिद्धी लौट आए। भिंगनगर में किशन ने कक्षा चौथी तक की पढ़ाई पूरी कर ली थी।

रालेगण सिद्धी लौटने पर बाबूराव को काफी आर्थिक परेशानियों का सामना करना पड़ा। सात बच्चों की परवरिश करना बाबूराव के लिए काफी

मुश्किल था। घर का खर्च चलाने के लिए उन्हें कई लोगों से पैसे उधार लेने पड़े, जिससे दिनों-दिन उनपर कर्ज का बोझ बढ़ता गया। गरीबी के कारण बच्चों की शिक्षा-दीक्षा भी नहीं हो पाई यह इतना मुश्किल समय था कि कभी-कभी तो भूखे रहने की नौबत आ जाती थी। बाबूराव के लिए परिवार की गाड़ी खींचना लगातार मुश्किल होता जा रहा था।

किशन की एक बुआ मुंबई में रहती थीं। उनकी कोई संतान न थी। उन्होंने किशन को गोद लेने का फैसला किया। अपनी बुआ के साथ किशन मुंबई आ गया। यहां आकर उसने अपनी पढ़ाई फिर शुरू की। सातवीं कक्षा पास करने के बाद किशन आगे पढ़ना चाहता था, लेकिन घर के हालात इतने ख़राब थे कि आगे पढ़ाई करना संभव नहीं था।

परिवार की सहायता करने के लिए किशन ने दादर स्टेशन के बाहर एक फूलवाले की दुकान पर नौकरी कर ली। उसे हर महीने 40 रुपए तनख्वाह मिलती थी। परिवार बड़ा था, खर्चे ज्यादा। इतनी कम कमाई से परिवार को गरीबी के दलदल से निकालना संभव न था।

कुछ समय बाद किशन ने फूलों की अपनी दुकान खोल ली। अपने दो भाइयों को भी रालेगण सिद्धी से मुंबई बुला लिया। तीनों भाई मिलकर सारा दिन मेहनत करते, लेकिन परिवार की दशा जस की तस बनी हुई थी। किशन की समझ में नहीं आ रहा था कि मुश्किलों का दौर कैसे और कब खत्म होगा।

फ़ौज में भर्ती हो गए अन्ना

1962 में चीन ने हमारे देश पर आक्रमण कर दिया। इस युद्ध में बड़ी संख्या में भारतीय सैनिक शहीद हो गए। उस समय भारत सरकार ने युवाओं से सेना में शामिल होने का आह्वान किया। देशभक्त किशन बाबूराव हज़ारे ने मुंबई में अपनी फूलों की दुकान छोड़कर सेना में शामिल होने का फैसला कर लिया। उन्हें सेना में ड्राइवर की नौकरी मिल गई। नौकरी के दौरान वह सिक्किम, भूटान, जम्मू-कश्मीर, आसाम, नागालैंड आदि सभी सीमावर्ती क्षेत्रों में रहे। इस दौरान उन्हें देश के विभिन्न प्रांतों के लोगों को देखने, समझने का मौका मिला।

सेना में नौकरी के दौरान अन्ना ने स्वामी विवेकानंद, महात्मा गांधी और आचार्य विनोबा भावे के बारे में पढ़ना शुरू किया था और उनके दर्शन से प्रभावित होकर शेष जीवन देशवासियों की सेवा करते हुए बिताने का निश्चय किया।

पाकिस्तान के ख़िलाफ 1965 के युद्ध में वह दो-बार बाल-बाल बचे। इसके बाद जीवन के प्रति उनकी सोच बदल गई और सेना से स्वैच्छिक सेवानिवृत्ति लेकर वह 1975 में अपने गांव रालेगण सिद्धी आ गए।

15 साल की फौज की नौकरी के दौरान अन्ना हर साल दो महीने के लिए रालेगण सिद्धी आया करते थे। उन दो महीनों में गांव के लोगों की समस्याओं को गौर से देखते-सुनते थे। रिटायर होने के बाद गांव लौटने पर उन्होंने लोगों की दुर्दशा दूर करने के लिए सामाजिक कार्य शुरू किए। और फिर शुरू हुई सेना के एक रिटायर्ड ड्राइवर के अन्ना बन जाने की कहानी।

स्वामी विवेकानंद का प्रभाव

अन्ना हज़ारे का बचपन बड़े कष्टों में बीता, फिर मुंबई आकर फूलों की दुकान खोल ली, लेकिन जीवन का संघर्ष था कि खत्म होने का नाम ही नहीं ले रहा था। अन्ना ने सेना में भर्ती होने का फैसला किया। सेना में रहते हुए जब-जब छुट्टियों में गांव आते, तो अपने गांव ही दुर्दशा देखकर बेचैन हो जाते। वापस लौटते तब भी परेशान रहते। उन्हें समझ में नहीं आता कि भगवान ने यह दुनिया क्यों बनाई है। जीवन-मृत्यु का भेद उनके लिए बड़ा रहस्यमय था।

अन्ना दिन-रात इन्हीं सवालों में उलझे रहते कि लोग किसलिए और क्यों जीते हैं? सुबह से शाम तक इतनी भाग-दौड़ करते हैं और आखिर में सब छोड़कर चले जाते हैं। मेरा-मेरा करते हैं, और अंत में मेरा कुछ नहीं रहता फिर जीने का मतलब क्या है? उन्हें जीवन जीने का मतलब ही समझ में नहीं आ रहा था। कई लोगों से उन्होंने यह सवाल किया, लेकिन बराबर उत्तर नहीं मिला।

जब वह पंजाब में अंबाला कैंट में तैनात थे, उन्होंने तय कर लिया कि आत्महत्या करनी है, क्योंकि जीवन की उलझन समझ में नहीं आ रही थी। ऐसी कोई मुसीबत नहीं थी कि जिसके चलते उन्होंने आत्महत्या करने का फैसला किया हो। बस एक ही सवाल था कि जीना तो किसके लिए जीना

बचपन से ही अन्ना स्वामी विवेकानंद के नक्शे-कदम पर चलते

और क्यों जीना? जब आगे-पीछे मरना ही है और खाली हाथ ही जाना है, तो देर क्यों करना? लोग केवल जीने के लिए सुबह से शाम तक लगे रहते हैं। साधु-संन्यासी हिमालय की बर्फीली गुफाओं में रहकर कष्ट सहन करते हैं, आखिर क्यों? उनके मन में बात आई कि कल क्यों, आज ही क्यों न जीवन को समाप्त कर लिया जाए? जब मरना ही है तो इतनी मुसीबत क्यों झेलना? दो पन्ने लिखे और पक्का निर्णय कर लिया कि आत्महत्या करनी है।

योग ऐसा बना कि दिल्ली के एक बुक स्टाल पर अन्ना ने स्वामी विवेकानंद की एक किताब का पोस्टर टंगा देखा। उन्होंने किताब खरीदकर पढ़ना शुरू किया। छोटी-सी किताब थी। शीर्षक था– जीवन का धागा। पढ़ना शुरू किया तो पढ़ते ही गए। एक घंटे में पूरी किताब पढ़ ली। इस एक घंटे ने उनका जीवन बदल दिया। कहां तो आत्महत्या करने का निश्चय कर चुके थे और कहां उन्हें जीवन जीने की प्रेरणा मिल गई।

पूरी किताब पढ़ने के बाद अन्ना को एक ही बात समझ में आई कि भगवान ने इस सृष्टि का, इस दुनिया का निर्माण क्यों किया है, यह तो पता नहीं, लेकिन इतना ज़रूर है कि मनुष्य जीवन दिया है, यह बहुत बड़ी बात है। इस किताब को पढ़ने के बाद उन्हें समझ में आया कि जन्म से लेकर मृत्यु तक जो भाग-दौड़ है, वह केवल आनंद प्राप्ति के लिए है और इस आनंद की खोज के लिए बाहर जाने की जरूरत नहीं है, वह मिलेगा अंदर से। सेवा करने से। वह जान गए कि मानव सेवा ही असली पूजा है। इसी बीच 1965 में भारत और पाकिस्तान के बीच युद्ध छिड़ गया। अन्ना खेमकरण की सीमा पर थे। पाकिस्तान ने हवाई हमले तेज़ कर दिए। उनके सभी साथी शहीद हो गए। केवल अन्ना बच गए। उनके दिमाग में यह सवाल कौंधता रहा, मैं क्यों बच गया? मैं भी अपने साथियों के साथ मर सकता था। उन्होंने सोचा यदि मैं हूं, तो मेरा पुनर्जन्म है। और नया जन्म सेवा के लिए अर्पण करना ही मेरे जीवन का ध्येय है।

शादी का संकल्प

स्वामी विवेकानंद और दूसरे महापुरुषों के विचारों को पढ़ने के बाद अन्ना हज़ारे के मन में यह बात घर कर गई कि सेवा में ही सच्चा आनंद है। समाज सेवा के प्रति पक्के रहने और पारिवारिक मोह-माया से दूर रहने के लिए अन्ना ने आजीवन अविवाहित रहने का फैसला किया।

जब अन्ना ने शादी न करने का संकल्प लिया तब उनकी उम्र 36 साल थी। उन्होंने फौज की नौकरी छोड़ने का मन बना लिया ताकि अपने जीवन को मानव सेवा के लिए समर्पित कर सकें। उस समय उन्हें फौज में नौकरी करते हुए कुल पांच साल ही हुए थे। उन्होंने सोचा कि यदि इस समय नौकरी छोड़ता हूं तो मैं घरवालों पर बोझ बन जाऊंगा। इसलिए उन्होंने पेंशन की स्थिति आने तक नौकरी जारी रखने का फैसला किया। अन्ना के लिए नौकरी के अगले 10 साल (1965 - 75) तक बहुत खतरनाक और कष्टदायक साबित हुए, क्योंकि उन्होंने तो मानव सेवा का निर्णय ले लिया था।

फौज में ड्राइवर की नौकरी करते हुए जब किसी रास्ते से गुजरते वक़्त कोई नवविवाहित जोड़ दिख जाता तो अन्ना का युवा मन बेचैन होने लगता।

घर-गृहस्थी के सपने बुनने लगता। उनका संकल्प डगमगाने लगता। अपने संकल्प और सांसारिक आकर्षण के द्वंद्व से बाहर निकलने में युवा अन्ना को काफी मशक्कत करनी पड़ती।

1975 में अन्ना ने फौज से स्वैच्छिक सेवा निवृत्ति ली और गांव लौट आए। यहां आकर उन्होंने रालेगांव को एक खुशहाल गांव बनाने का बीड़ा उठाया। अपने सगे-संबंधियों को त्यागकर एक मंदिर में रहने लगे। गांववालों ने उनके लिए यादव बाबा मंदिर में दो छोटे कमरे बना दिए। उनके कमरे में एक टेबल, कुर्सी, फोन, टीवी और एक बिस्तर है। यही अन्ना की कुल जमा संपत्ति है।

अन्ना कहते हैं, 'आज मेरा अपना कोई निजी परिवार नहीं है, लेकिन मुझे शादी न करने के फैसले पर कोई अफसोस नहीं है। आज पूरा देश ही मेरा परिवार है।' अन्ना के छोटे भाई मारोति बाबूराव हज़ारे कहते हैं, 'भैया ने 40 साल पहले हमारा घर छोड़ दिया और मंदिर में रहने लगे। किसी सगे-संबंधी की शादी या मृत्यु के समय ही वह हमसे मिलने आते हैं। अन्ना का जन्म देशसेवा के लिए हुआ है। परिजन होने की वजह से वह हमें विशेष तरजीह नहीं देते उनकी नज़र में पूरा देश उनका परिवार है।'

रालेगांव को बनाया आदर्श गांव

रालेगांव सिद्धी और अन्ना हज़ारे एक-दूसरे के पर्याय हो गए हैं। अपने गांव की दुर्दशा देखकर अन्ना सिहर उठते थे। सेना से अपनी नौकरी छोड़ने के बाद 1975 में उन्होंने अपने गांव के कायाकल्प का अभियान शुरू किया। गांव का मिलन स्थल मंदिर ही होता है, सो उसी से शुरुआत करने की सोची। कोई साथ आने को तैयार नहीं था, किन्तु जब लोगों ने उन्हें अपने ही पैसे से मुट्ठी-भर लोगों के साथ मंदिर की मरम्मत में जुटे देखा, तो गांव वाले उनसे प्रभावित होकर उनसे जुड़ते गए। उन्होंने गांव के लोगों को गांधीजी के श्रमदान की नीति का पालन करने के लिए प्रेरित किया। श्रमदान के लिए एक घर से एक व्यक्ति मांगा गया। मंदिर तो बना ही, जिसके एक कमरे में अन्ना आज भी रहते हैं, गांव की सड़कें भी बनीं, उनमें 'अंडर ग्राउंड ड्रेनेज सिस्टम' भी बने। यही वजह है कि रालेगण सिद्धी की गलियां गीली नहीं रहतीं, उन पर कीचड़ नहीं रहता, जो हमारे समूचे भारत के गांवों की गलियों का प्रतीक चिह्न हुआ करता है।

बारिश के मौसम में यहां 15-16 इंच बारिश होती थी लेकिन बारिश का पानी रुकता नही था। रालेगण सिद्धी के लोग पानी की कमी से बेहाल

अन्ना ने राले गांव को एक आदर्श गांव बनाया

रहते थे, किसानों की हालत दयनीय थी। सालों से यह गांव सूखे की चपेट में था।

जब पुणे के पास सासवड़ में अन्ना ने पानी संरक्षण के लिए विलासराव सालुखे द्वारा किए जा रहे कामों को देखा तो वह बहुत प्रभावित हुए। उन्होंने उसी की तर्ज पर वाटर-शेड मैनेजमेंट का काम अपने गांव में भी शुरू किया। उसका परिणाम यह हुआ कि ग्राउंड वाटर लेवल ऊपर उठा और गांव की 300 एकड़ खेती की जगह अब 1,500 एकड़ खेती सिंचित खेती के दायरे में आ गई। इससे गांव में धीरे-धीरे समृद्धि ने पैर पसारने शुरू किए।

लेकिन अन्ना जानते थे कि इस समृद्धि का ख़त्मा शराब में होना निश्चित है। उन्होंने गांव में धर्म की दुहाई देकर लोगों को शराब से दूर रखने की पहल शुरू की। क्योंकि वह जानते थे कि आम आदमी की धर्म में अपार आस्था और निष्ठा है। वहीं उन्होंने शराबी व्यक्ति के बीवी-बच्चों से सत्याग्रह शुरू करवाया और शराब कारोबारियों पर दबाव भी बनाया। तीन चेतावनियां देने के बाद भी जो व्यक्ति शराब पीकर गांव में आता था, उसे मार-पीट कर भी ठीक किया जाता था।

अन्ना हज़ारे ने रालेगण सिद्धी को कर्म-भूमि बनाना भी शुरू कर दिया। वह सिर्फ पानी बचाकर या शराब- बंदी करके दम नहीं लेने वाले थे। उन्हें रालेगण को एक आदर्श और खुशहाल गांव के रूप में स्थापित करना था। अन्ना नहीं चाहते थे कि जैसे उनका बचपन ग़रीबी में बीता है, उसी प्रकार उनके गांव के बच्चों का बचपन भी ग़रीबी और बदहाली में बीते। उन्होंने अपने जीवन-भर की जमा पूंजी गांव के लोगों के कल्याण के लिए लगा दी।

गांव के बच्चों को शिक्षित करने के लिए उन्होंने एक स्कूल बनाने की

योजना बनाई। गांववालों की मेहनत और परिश्रम से स्कूल की बिल्डिंग बनाई गई। 35 लाख रुपए खर्च हुए। बिना किसी सरकारी सहायता और किसी डोनेशन के, गांव के लोगों ने खुद पैसे जुटाकर इसका निर्माण कराया। ईंधन और बिजली की जरूरतों को पूरा करने के लिए गांव में जगह-जगह सोलर पैनल और बायोगैस प्लांट लगाए गए।

जब अन्ना हज़ारे ने रालेगण सिद्धी की तस्वीर बदलने की शुरुआत की तब गांव में वर्षों से अकाल पड़ा हुआ था। पीने के लिए पानी और खाने के लिए अनाज नहीं था। गांव के 85 प्रतिशत लोग भूखे सोते थे। शराब-खोरी, चोरी-राहजनी और लूट आम बात थी। यहां तक की मंदिरों की संपत्ति चुराने में भी परहेज नहीं करते थे। पूरे गांव में हाहाकर मचा था। आज लगभग 30 साल बाद, वहां से देश में ही नहीं विदेशों में भी सब्जियां निर्यात होती हैं। यहां से प्रतिदिन 3000 लीटर दूध दूध बाहर जाता है। यह सब मुमकिन हुआ अन्ना की मेहनत और गांववालों के सहयोग से।

अन्ना हज़ारे को इस बात का संतोष है कि इस गांव में नैतिकता अभी भी बरकरार है। रालेगण सिद्धी के एक दलित परिवार पर 60 हज़ार रुपए का कर्ज था, वे इस कर्ज को चुका नहीं पा रहे थे। उनकी जमीन की जब्ती होने वाली थी। दो सालों तक गांव के सारे लोगों ने दलित की जमीन पर श्रमदान करके उसका कर्ज चुकाया। यहां दलितों, सवर्णों सबकी शादी एक ही मंडप में होती है। सभी का खाना भी एक साथ ही बनता है। मेहमानों को खाना परोसने की जिम्मेदारी दलितों की होती है। पहले यहां शराब की 40 भट्टियां थीं। अपज पिछले 13 साल से यहां शराब तो छोड़िए, बीड़ी, सिगरेट, तंबाकू की बिक्री तक नहीं होती। और सबसे बड़ी बात यह कि गांव के घरों में ताले नहीं लगते।

अन्ना हज़ारे के अथक प्रयासों और गांववालों की लगन से रालेगण सिद्धी दुनिया-भर के लिए एक आदर्श गांव बन गया। एक ऐसा गांव जिसे

देखने के लिए देश दुनिया से लोग आने लगे और कई लोगों ने बकायदा इस पर शोध करके डॉक्टरेट की डिग्रियां भी हासिल की है। यहां ग्रामीण विकास कार्यक्रम का व्यावहारिक प्रशिक्षण लेने के लिए देशभर से प्रशिक्षणार्थी आते हैं। आज यह संख्या हज़ारों में पहुंच गई है।

अन्ना के सामाजिक कार्यों और लोकप्रियता से प्रभावित होकर फिल्मकार और पत्रकार कृष्ण राघव ने अन्ना पर फिल्म बनाई थी। इस फिल्म का हिंदी में नाम था, 'अगम्य की खोज' और अंग्रेज़ी में 'इन सर्च ऑफ यूरोपिया'।

अन्ना का मानना है कि एक रालेगण से पूरे देश का भला नहीं हो सकता। जब तक इसका असर दूसरे गांवों पर नहीं पड़ेगा, तब तक देश में बड़े पैमाने पर परिवर्तन की उम्मीद नहीं की जा सकती।

महाराष्ट्र में भ्रष्टाचार के ख़िलाफ मुहिम

अन्ना हज़ारे के दो ही लक्ष्य थे– एक तो देश को आगे बढ़ाने के लिए विकास यानी ग्रामीण विकास और दूसरा विकास की राह में जो भ्रष्टाचार है उसे खत्म करना। अपने गांव रालेगण सिद्धी को दुनिया के नक्शे पर एक खुशहाल गांव के रूप में दर्ज कराने के बाद से ही उन्होंने महाराष्ट्र में भ्रष्टाचारियों पर शिकंजा कसने की योजना बनानी शुरू की दी। अन्ना का मानना है कि अगर केन्द्र और राज्य सरकारें भ्रष्ट होंगी तो आम आदमी का भला कभी नहीं होगा। इसलिए उन्होंने भ्रष्टाचार विरोधी जन आंदोलनों की शुरुआत की और भ्रष्टाचार के ख़िलाफ़ राज्य में कई अभियान चलाए।

1975 से अपने सामाजिक जीवन की शुरुआत करने वाले अन्ना हज़ारे की पहचान एक सामाजिक कार्यकर्ता की थी। लेकिन भ्रष्टाचार विरोधी सामाजिक कार्यकर्ता के रूप में अन्ना की पहचान 1995 में बनी, जब उन्होंने शिवसेना बीजेपी की सरकार के कुछ 'भ्रष्ट' मंत्रियों को हटाए जाने की मांग को लेकर आंदोलन शुरू किया था।

महाराष्ट्र के तीन मंत्रियों शशिकांत सुतार, महादेव शिवंकर और बबन घोलाप के ख़िलाफ़ सुबूत जुटाए और उन्हें हटाने की मांग की। सरकार ने उनकी मांगों को नज़र अंदाज कर दिया तब वह अनशन पर बैठ गए। आखिरकार सरकार को झुकना पड़ा और सुतार और शिवंकर को कैबिनेट से बाहर कर दिया गया। घोलप ने अन्ना के ख़िलाफ़ मानहानि का मुकदमा दायर कर दिया।

अन्ना ने घोलप पर ज्ञात स्रोतों से अपनी कमाई के अनुपात में कई गुना ज्यादा रक़म इकट्ठा करने का आरोप लगाया था। हालांकि अन्ना अदालत में इन आरोपों के समर्थन में सबूत पेश नहीं कर पाए, जिसके बाद अदालत ने उन्हें तीन महीने की जेल की सज़ा सुनाई। तत्कालीन मुख्यमंत्री मनोहर जोशी की पहल पर उन्हें एक दिन की सज़ा के बाद ही जेल से रिहा कर दिया। इसके बाद अन्ना ने मनोहर जोशी, गुपीनाथ मुंडे और नितिन गडकरी के ख़िलाफ़ भ्रष्टाचार का आरोप लगाया, हालांकि बाद में उन्होंने अपने आरोप वापस ले लिए।

अन्ना के गांधीवादी विरोध का सामना महाराष्ट्र की कांग्रेस एनसीपी की सरकार को भी करना पड़ा। 2003 में अन्ना कांग्रेस एनसीपी सरकार के चार भ्रष्ट मंत्रियों सुरेश दादा जैन, नवाब मलिक, विजय कुमार गावित और पद्मसिंह पाटिल के ख़िलाफ़ भूख हड़ताल पर बैठ गए। सरकार को झुकना पड़ा, एक जांच आयोग का गठन किया गया। मलिक ने इस्तीफा दे दिया। आयोग ने जैन के ख़िलाफ़ भी आरोप तय किए, तो उन्होंने भी इस्तीफा दे दिया। महात्मा गांधी के बाद अन्ना हज़ारे ही दूसरे व्यक्ति हैं, जिन्होंने भूख हड़ताल और आमरण अनशन को सबसे ज़्यादा बार बतौर हथियार इस्तेमाल किया है।

महाराष्ट्र में अन्ना ने एक मुहिम चलाई है, जिसे भ्रष्टाचार विरोधी जन आंदोलन नाम दिया गया है। राज्य के 27 जिलों के 222 ब्लॉक में

अन्ना ने महाराष्ट्र में भ्रष्टाचारियों के ख़िलाफ आंदोलन किया

यह संगठन सक्रिय है। यदि कोई मंत्री, विधायक, राजनेता या अधिकारी भ्रष्टाचार करता है, तो उसकी जांच करने की मांग उठाई जाती है। मांग पूरी नहीं होने पर उसके विरुद्ध अभियान चलाया जाता है। और व्यवस्था को मजबूर किया जाता है कि उसके विरुद्ध कर्रवाई करे। अभी तक इस मुहिम के अंतर्गत 6 मंत्रियों और 450-500 अधिकारियों को अपने पद से इस्तीफा देना पड़ा।

सूचना का अधिकार

महाराष्ट्र में अपनी भ्रष्टाचार विरोध मुहिम से अन्ना ने कई मंत्रियों और अधिकारियों को अपने पद से इस्तीफा देने के लिए मजबूर कर दिया। अन्ना ने महसूस किया कि सिर्फ भ्रष्टाचारियों के इस्तीफे से काम नहीं चलेगा। भ्रष्टाचार को दूर करने के लिए व्यवस्था परिवर्तन जरूरी है। तब उन्होंने राइट टू इन्फोर्मेशन यानी सूचना के अधिकार की मुहिम शुरू की। सूचना के अधिकार से न सिर्फ भ्रष्टाचार पर अकुंश लगेगा, बल्कि सरकारी कामों में खुलापन भी आएगा। इससे आम जनता को पता चलेगा कि सरकारी फाइलों में करोड़ों के घोटाले कैसे हो जाते हैं

1997 में अन्ना ने मुंबई के आज़ाद मैदान से सूचना के अधिकार की लड़ाई शुरू की। वहां उन्होंने एक रैली आयोजित की और युवाओं को अपने साथ आने का आहवान किया। उन्होंने लोगों को बताया कि कैसे एक आम आदमी को सूचना का अधिकार मिलेगा, तो भ्रष्ट अधिकारियों पर नकेल लगेगी। सूचना के अधिकार की मांग अब तक एक मुहिम बन चुकी थी, लेकिन सूचना अधिनियम कानून की मांग पर फिर भी विधान सभा ने एक बार भी विचार नहीं किया गया।

2003 में एक बार फिर उन्होंने भूख हड़ताल शुरू की। अन्ना का अनशन 12 दिनों तक जारी रहा। अन्त में सरकार को झुकना पड़ा। सरकार ने एक कमेटी बनाकर इस कानून का मसौदा तैयार किया। बाद में अन्ना के सुझाव पर उसमें कुछ आवश्यक सुधार किए गए और एक पुख्ता कानून बनाया गया। सूचना के अधिकार कानून को देश के किसी आज्य में सबसे पहले लागू करवाने का श्रेय अन्ना को जाता है। सूचना का अधिकार अधिनियम के लागू होने के बाद अन्ना ने गांव-गांव की यात्रा शुरू कर दी और लोगों को इसका महत्त्व बताना शुरू किया। इस दौरान उन्होंने करीब 12,000 कि.मी. की यात्रा की। इस अभियान के अन्तर्गत वह कॉलेज के एक लाख से अधिक छात्र-छात्राओं से मिले। राज्य के प्रायः सभी जिलों में बैठकें कीं गईं। जनसभाएं की। सूचना और अधिकार को लेकर जगह-जगह पोस्टर लगाए गए। रैलियां निकाली गईं।

अधिनियम के प्रावधानों की एक लाख से अधिक पुस्तिकाएं मामूली कीमत पर वितरित की गईं। लोगों को बताया गया की एक आज़ाद भारत के नागरिक के रूप में उन्हें किसी दफ्तर से किस तरह की सूचना मांगने का हक़ है।

अन्ना हज़ारे के भ्रष्टाचार के विरुद्ध संघर्ष और समाज सेवा में उनके योगदान के लिए उन्हें पद्‍मभूषण से सम्मानित किया गया। यही नहीं, संयुक्त राज्य अमेरिका के केयर इंटरनेश्नल और ट्रांसपेरेंसी इंटरनेशनल, सियोल (दक्षिण कोरिया) ने भी उन्हें सम्मानित किया। पुरस्कार में उन्हें जो राशि मिली, उसे उन्होंने सामाजिक कल्याण के लिए एक संस्था को दान कर दी।

उनका मानना है कि सरकार योजनाएं तो बहुत बनाती है, लेकिन बिचौलियों की वजह से जरूरतमंदों को उनका हक नहीं मिल पाता। अन्ना कहते हैं कि हमारी लड़ाई उन बिचौलियों के ख़िलाफ़ भी है, जिनमें सरकारी कर्मचारी, अधिकारी और नेता भी शरीक हैं।

जन लोकपाल बिल के लिए जन आंदोलन

पिछले दो सालों में अरबों, खरबों रुपए के घोटाले एक के बाद एक सामने आए। भ्रटाचार के नित नए खुलासों से जनता का आक्रोश चरम पर था। अन्ना हज़ारे ने अपने गृह राज्य महाराष्ट्र में भ्रष्टाचार के ख़िलाफ़ लंबी लड़ाई में वक्त की नब्ज को पहचाना और राष्ट्र-स्तर पर भ्रष्टाचार के ख़िलाफ़ संघर्ष करने का निर्णय लिया।

अप्रैल, 2011 के पहले सप्ताह में मध्य मुंबई के पेरल में एक जनसभा में इस बात पर सार्वजनिक रूप से फैसला लिया गया कि यदि केन्द्र सरकार भ्रष्टाचार को रोकने के लिए कड़े कदम नहीं उठाती और जन लोकपाल विधेयक को पारित कराने की मांग को नहीं मानती तो अन्ना हज़ारे आमरण अनशन पर बैठ सकते हैं। उस जनसभा में कुछ धार्मिक नेता, कुछ सामाजिक कार्यकर्ता और अन्ना के कुछ अपने लोग थे। अंत में तय हुआ कि 'भ्रटाचार मुक्त भारत' के परचम तले एकत्र होकर जन लोकपाल विधेयक पारित करवाने की मांग की जाए। उन जनसभा में अन्ना ने देश में व्याप्त भ्रटाचार के लिए नेताओं पर निशाना साधते हुए देश से भ्रटाचार को उखाड़ फेंकने का संकल्प दोहराते हुए इसे भारत के सामाजिक ढांचे के लिए सबसे बड़ा खतरा बताया।

सरकार ने अन्ना की मांगों पर कोई ध्यान नहीं दिया। उन्होंने प्रधानमंत्री मनमोहन सिंह को चिट्ठी भी लिखी लेकिन कोई नतीजा नहीं निकला। अन्ना की मांग थी कि भ्रटाचार मिटाने वाले लोकपाल विधेयक का मसौदा तय करने में नागरिक समाज को शामिल किया जाए। सरकार ने खैये ने अन्ना को अपने समर्थकों के साथ दिल्ली आने के लिए मजबूर कर दिया। 4 अप्रैल, 2011 को अन्ना ने दिल्ली में एक संवाददाता सम्मेलन में कहा, "चूंकि प्रधानमंत्री ने लोकपाल विधेयक का स्वरूप तय करने के लिए नागरिक समाज के लोगों के साथ एक संयुक्त समिति गठित किए जाने की मांग को अस्वीकार कर दिया है, इसलिए पूर्व में की गई घोषणा के अनुसार मैं आमरण अनशन पर बैठूंगा।"

5 अप्रैल, 2011 को पूर्व निर्धारित कार्यक्रम के अनुसार अन्ना सुबह नौ बजे राजघाट गए और उसके बाद उन्होंने इंडिया गेट से जंतर-मंतर का रुख किया। जंतर-मंतर पर उन्होंने अपना उपवास शुरू करने से पहले कहा, "यदि इस मैदान में मेरी जिंदगी भी कुर्बान हो जाए, तो मुझे इसका अफसोस नहीं होगा। मेरा जीवन राष्ट्र को समर्पित है।" अन्ना ने संकल्प लिया था, जब तक मांगें नहीं मानी जाएगी, वह वापस महाराष्ट्र नहीं जाएंगे।

73 साल के अन्ना ने भ्रष्टाचार के ख़िलाफ़ जिस जोश के साथ अपनी यात्रा शुरू की, उसे कारवां बनते देर नहीं लगी। ऐसा लगा, मानो पूरी दिल्ली जंतर-मंतर पर सिमट जाना चाहती हो। यूं तो जंतर-मंतर पर रोज़ ही किसी-न-किसी मामले में धरना और प्रदर्शन होता है, लेकिन यह एक ऐसा आंदोलन था, जिसे वहां पहुंचा हर शख्स अपनी लड़ाई मान रहा था। अन्ना हज़ारे के आमरण अनशन के तीसरे दिन उन्हें समर्थन देने वालों का जमावड़ा लगा रहा। इसमें समाज के विभिन्न क्षेत्रों के और फिल्म जगत के कई लोग भी शामिल थे। गुरुवार को अन्ना का आमरण अनशन कुछ रंग लाता दिखा। सरकार की ओर से केन्द्रीय मंत्री और वकील कपिल सिब्बल

अन्ना ने जन लोकपाल बिल के लिए आंदोलन किया

अन्ना से बातचीत करने पहुंचे। सरकार आंदोलनकारियों की पांच प्रमुख मांगों में से तीन पर सहमत हो गई, लेकिन जन लोकपाल विधेयक का मसौदा तैयार करने वाली समिति का प्रमुख अन्ना को बनाना और समिति के गठन की अधिसूचना जारी करने वाली मांग सरकार ने ठुकरा दी।

अन्ना का आंदोलन शहर-शहर गांव-गांव फैलता जा रहा था और जंतर-मंतर पर भीड़ बढ़ती जा रही थी। अन्ना इंटरनेट पर छा गए थे। मीडिया अन्ना पर फिदा थी। विदेशी अख़बारों में भी अन्ना के इस आंदोलन को जगह मिल रही थी।

सरकार ने अन्ना को मसौदा समिति का अध्यक्ष बनाने की बात तो नहीं मानी लेकिन अधिसूचना जारी करने को तैयार हो गई। 9 अप्रैल को लोकपाल बिल को लेकर सरकार के अधिसूचना जारी करने के साथ 98 घंटे से चल रहा अन्ना का अनशन खत्म हो गया और उन्होंने लोकपाल बिल पास करने के लिए सरकार को 15 अगस्त तक का समय दिया। अन्ना ने अनशन खत्म करते हुए कहा कि असली लड़ाई तो अब शुरू हुई है। अगर संसद में इसे पारित करने में अड़चनें आईं तो वह फिर जन आंदोलन करेंगे।

समझौते के अनुरूप अधिसूचना जारी करते हुए केन्द्र सरकार ने राजपत्र की प्रति अन्ना और उनके सहयोगियों को सौंप दी। इसके बाद देश-भर में भ्रष्टाचार के ख़िलाफ़ बड़ी कामयाबी का जश्न मनाते हुए अन्ना हज़ारे और उनके साथ अनशन पर बैठे सैकड़ों लोगों ने अपना अनशन तोड़ दिया।

अन्ना ने सात साल की एक बच्ची सौम्या कोहली के हाथ से नींबू-पानी लेकर अपना पांच दिन का अनशनन तोड़ा। लोकपाल विधेयक के मसौदे के लिए एक संयुक्त समिति का गठन हुआ। जिसमें सरकार की ओर से वित्त मंत्री प्रणव मुखर्जी को इसका अध्यक्ष बनाया गया और चार अन्य केंद्रीय

मंत्री कपिल सिब्बल, वीरप्पा मोइली, सलमान खुर्शीद और पी. चिदंबरम समिति के सदस्य के तौर पर शामिल हुए। नागरिक समाज की ओर से पूर्व कानून मंत्री शांति भूषण सह अध्यक्ष बनाए गए और अन्ना हज़ारे, प्रशांत भूषण, संतोष हेगड़े और अरविंद केजरीवाल समिति के सदस्य।

मसौदा समिति के सदस्यों के बीच मतभेद उभरने लगे। सरकार की ओर से शामिल सदस्यों और नागरिक समाज के सदस्य अपनी-अपनी बातों और मांगों पर अड़ने लगे। इनकी कई बैठकें बेनतीजा रहीं। नागरिक समिति के सदस्यों ने सरकार के अड़ियल रवैये का खुलकर रूप से विरोध किया तो सरकार की ओर से भी नागरिक समिति के सदस्यों पर कुछ मांगों के लिए दबाव बनाने के आरोप लगाए गए।

अन्ना हज़ारे के प्रस्तावित जन लोकपाल विधेयक और इस विधेयक को 15 अगस्त से पहले लागू कर दिए जाने की मांग पर अन्ना के आंदोलन पर भी कई सवाल उठने लगे। कुछ लोगों का कहना था कि सरकार के लोकपाल विधेयक और अन्ना के जन लोकपाल विधेयक में बहुत फर्क नहीं। कई लोगों का मानना था कि जन लोकपाल विधेयक कोई जादू की छड़ी नहीं है जिससे भ्रष्टाचार छू-मंतर हो जाएगा। विवाद जन लोकपाल बिल का मसौदा तैयार करने वाली समिति के सदस्यों और उनके आचरण को लेकर भी था। खासकर शांति भूषण और प्रशांत भूषण पर कई गंभीर आरोप लगे। विवाद सरकार की मंशा को लेकर भी थे।

संयुक्त मसौदा समिति की बेनतीजा बैठकों को देखते हुए अन्ना ने 30 जून को ही तय कर लिया था कि यह लड़ाई सड़क के रास्ते ही संसद तक ले जानी पड़ेगी। उन्होंने 15 जुलाई को प्रधानमंत्री को चिट्ठी लिखकर 16 अगस्त से अपने आंदोलन का ऐलान कर दिया। सरकार की नज़र अन्ना के हर क़दम पर थी। जंतर-मंतर पर अन्ना का जलवा देख चुकी सरकार ने अन्ना के आंदोलन की हवा निकालने और अन्ना की छवि धूमिल करने

के लिए उनपर भ्रष्टाचार के आरोप लगाए और उन्हें सेना का भगोड़ा तक कहा। लेकिन बेदाग अन्ना पर लगे यह दोनों आरोप झूठे निकले। मज़बूत इरादों वाले अन्ना बिना विचलित हुए अपने संघर्ष को अंजाम देने की योजनाएं बनाते रहे। अन्ना ने 16 अगस्त से शुरू होने वाले अपने अनशन को अगस्त क्रांति का नाम दिया।

सरकार ने अन्ना की अगस्त क्रांति को नियमों के जाल में फंसाने की भरपूर कोशिश की, लेकिन अन्ना के जुझारू तेवरों के आगे सरकार खुद अपने ही जाल में फंसती चली गई। अन्ना नियमों से जूझते रहे और सरकार अन्ना को रोकने में इनका इस्तेमाल करती रही।

अन्ना ने 18 जुलाई को दिल्ली पुलिस से अनशन की अनुमति मांगी, लेकिन पुलिस टालमटोल करती रही, अंततः 2 अगस्त को जंतर-मंतर पर अनशन की अनुमति देने से इंकार कर दिया। अन्ना के अनशन स्थल को लेकर रहस्य बरकरार रहा। 15 अगस्त को अन्ना अचानक बापू की समाधि पर पहुंचे और लगभग तीन घंटे तक ध्यान की मुद्रा में बैठे रहे। अगले ही दिन सुबह पुलिस ने उन्हें गिरफ्तार कर तिहाड़ जेल में भेज दिया। शाम को उन्हें रिहा करने की घोषणा की गई। लेकिन अनशन की जगह न मिलने के कारण उन्होंने तिहाड़ जेल में ही अनशन शुरू कर दिया। अन्ना तीन दिनों तक तिहाड़ जेल में ही अनशन करते रहे। मज़बूर होकर पुलिस को उनकी हर शर्त माननी पड़ी।

सरकार को लगा तीन दिन से भूखे अन्ना जन लोकपाल के लिए ज्यादा दिन अनशन नहीं कर पाएंगे। लेकिन तिहाड़ से 19 अगस्त को रामलीला मैदान पहुंचने से पहले अन्ना ने राजघाट पर दौड़ लगाकर सरकार को संकेत दे दिया कि वह उन्हें कमज़ोर समझने की भूल न करे। इसके बाद कई दिनों तक चले अनशन से अन्ना का शरीर भले ही कमज़ोर पड़ गया था, लेकिन उनकी आवाज़ और हौसला दिनों-दिन मज़बूत होता गया।

बच्ची सौम्या कोहली के हाथ से नींबू-पानी लेकर अनशनन तोड़ा

20 अगस्त को देशभर में जन आंदोलन की आग फैल गई। अन्ना ने ऐलान किया, 'जब तक जान है! अनशन करूंगा।' प्रधानमंत्री मनमोहन सिंह ने अन्ना के सहयोगियों से बातचीत करने के लिए हामी भरी।

सरकार ने मध्यस्थता के लिए महाराष्ट्र के अतिरिक्त सचिव सारंगी और अध्यात्मिक गुरु भैय्यू जी महाराज को दिल्ली बुलाया। उन्होंने अन्ना से मिलकर सरकार की बात उनके सामने रखी। लेकिन अन्ना अपनी तीनों मांगों–

1. राज्यों में लोकायुक्त की नियुक्ति,

2. सिटीजन चार्टर बनाने की बात,

3. सरकारी कर्मचारियों को लोकपाल के दायरे में लाया जाए, पर अडिग रहे।

21 अगस्त, रविवार को रामलीला मैदान में पैर रखने की जगह नहीं थी। देशभर में जगह-जगह प्रदर्शन, धरने और रैलियां निकाली जा रही थीं। चारों ओर सिर्फ भ्रष्टाचार मिटाने और अन्ना के साथ होने के नारे गूंज रहे थे। अन्ना ने सांसदों के घरों के बाहर प्रदर्शन का आहवान किया। दिल्ली तो जैसे जन लोकपाल बिल की लहर पर सवार हो गयी। इंडिया गेट से रामलीला मैदान तक विशाल रैली निकाली गई।

अन्ना समर्थकों ने वित्तमंत्री प्रणव मुखर्जी, कपिल सिब्बल, राहुल गांधी सहित कई सांसदों के घर के बाहर प्रदर्शन किया। प्रधानमंत्री ने अपने घर पर कांग्रेस कोर ग्रुप की बैठक बुलाई। बैठक में जन लोकपाल बिल, अन्ना की मांगों और अन्ना के अनशन जैसे महत्त्वपूर्ण मुद्दों पर विचार विमर्श हुआ। दूसरे दिन वित्त मंत्री प्रणव मुखर्जी ने अन्ना के सहयोगियों किरण बेदी, अरविंद केजरीवाल और प्रशांत भूषण से मुलाकात की। प्रमुख विपक्षी दल भारतीय जनता पार्टी के ढुलमुल रवैये की अन्य दल कड़े शब्दों में निंदा

कर रहे थे। पार्टी के वरिष्ठ नेता यशवंत सिन्हा ने भी लोकपाल विधेयक पर पार्टी का रुख स्पष्ट न होने को लेकर इस्तीफे की पेशकश तक कर डाली। इसके दो दिन बाद लोकसभा में विपक्ष की नेता भाजपा सांसद सुषमा स्वराज ने अपनी पार्टी का रुख साफ करते हुए अन्ना की तीनों मांगों के समर्थन की सार्वजनिक रूप से घोषणा कर दी।

जन आंदोलन की आंच और कई दिनों से आमरण अनशन पर बैठे 73 वर्षीय बुज़ुर्ग अन्ना की सेहत ने सरकार की चिंता बढ़ा दी। प्रधानमंत्री ने अपने आवास पर सभी दलों की राय जानने के लिए सर्वदलीय बैठक बुलाई। कांग्रेस महासचिव राहुल गांधी ने भी अपनी चुप्पी तोड़ते हुए संसद में लोकपाल विधेयक पर अपनी राय रखी। उन्होंने लोकपाल को कानूनी संस्था बनाने का सुझाव रखा।

संसद के दोनों सदनों में लोकपाल विधेयक पर करीब 17 घंटे की लंबी बहस के बाद संसद ने इस पर अपनी सहमति दे दी। दोनों सदनों ने अन्ना हज़ारे की तीनों मांगों पर सब की सम्मति से प्रस्ताव पारित किया। इसके बाद बहस का ब्योरा स्थायी समिति को भेजने का आग्रह किया गया। ताकि समिति मज़बूत और प्रभावशाली लोकपाल बनाने की सिफारिशों को अंतिम रूप दे सके।

शनिवार की शाम को संसद ने जैसे ही प्रस्ताव पारित किया, रामलीला मैदान सहित देश-भर में अन्ना समर्थकों ने तिरंगा लहराकर खुशी का इज़हार किया। करीब रात के नौ बजे केन्द्रीय मंत्री विलासराव देशमुख और कांग्रेस सांसद संदीप दीक्षित प्रधानमंत्री का पत्र लेकर रामलीला मैदान पहुंचे और अन्ना को प्रधानमंत्री का संदेश पढ़कर सुनाया। इसके बाद समर्थकों सहित अन्ना की पूरी टीम ने राष्ट्रगान गाकर फैसले का सम्मान किया।

झुक गई सरकार

अन्ना हज़ारे के जंतर-मंतर और रामलीला मैदान पर किए जन आंदोलन लोकतंत्र की जीत के प्रतीक हैं। भारत के इतिहास में इन आंदोलनों को इसलिए दर्ज किया जाएगा कि लोकतंत्र में जनता की ताक़त से बड़ी कोई ताक़त नहीं है। अन्ना की अदम्य इच्छा शक्ति और उनके समर्थन में उमड़े जन सैलाब ने विश्व के सबसे बड़े जनतंत्र की सरकार को झुकने के लिए मजबूर कर दिया।

4 महीने में अन्ना ने दो जन आंदोलनों का नेतृत्व किया। वह इक्कीसवीं सदी के ऐसे लोकनायक के रूप में उभरे, जिन्होंने सचमुच भारत देश के हर खास और आम आदमी का दिल जीत लिया। भ्रष्टाचार से त्रस्त भारत वासियों के लिए अन्ना भ्रष्टाचार मुक्त भारत के प्रतीक पुरुष बन गए। अन्ना ऐसा ब्रांड बन गए जो विश्वसनीयता की मिसाल हैं। सामाजिक कार्यकर्ताओं, व्यापार जगत की नामी हस्तियों, जाने-माने खिलाड़ियों और सिने कलाकारों ने न सिर्फ अन्ना के जन आंदोलन का समर्थन किया बल्कि आम जनता को इस मुहिम से जुड़ने के लिए प्रेरित भी किया। जैस-जैसे अन्ना का अनशन बढ़ता जा रहा था, भारत के आम और खास लोग उनके

लोकपाल बिल पर प्रधानमंत्री के साथ विचार

समर्थन में लामबंद हो रहे थे। यही वजह थी की सरकार को अपनी हठ छोड़कर अन्ना की बात माननी पड़ी।

शनिवार की रात प्रधानमंत्री का ख़त मिलने के बाद जब अन्ना ने अपने 12 दिन से चल रहे अनशन को खत्म करने की घोषणा की, पूरा देश जश्न में डूब गया। लोगों ने जगह-जगह विजय जुलूस निकाने, मिठाइयां बांटी और एक-दूसरे को बधाई दी। दिल्ली के इंडिया गेट पर कैंडल मोर्च निकाला गया। अपने बच्चों के साथ सैकड़ों परिवार देर रात तक रामलीला मैदान में जश्न मनाते रहे।

अन्ना ने अनशन खत्म करने की घोषणा तो शनिवार रात को ही कर दी थी लेकिन वह कभी भी अपना अनशन सूर्यास्त के बाद नहीं तोड़ते। इसलिए उन्होंने रविवार सुबह 10 बजे अनशन तोड़ने का फैसला किया।

इस ऐतिहासिक क्षण के गवाह बनने के लिए उनके समर्थक शनिवार रात से ही रामलीला मैदान पहुंचने लगे थे। लगभग 80 हज़ार की क्षमता वाले मैदान में शायद ही कोई स्थान ऐसा था जहां उनके समर्थकों का हुजुम न था।

27 अगस्त की सुबह 9.30 बजे अन्ना मंच पर पहुंचे। उनके पहुंचते ही समर्थकों ने तालियों और नारों से उनका स्वागत किया।

दस बजकर उन्नीस मिनट पर अन्ना ने दो बच्चियों इकरा और सिमरन के हाथों शहद मिला नारियल पानी पीकर 288 घंटों से चले आ रहे अपने अनशन को तोड़ा।

अनशन तोड़ने के बाद अन्ना ने कहा, 'इस आंदोलन से स्पष्ट हो गया है कि जनता की संसद बड़ी है। जनसंसद के आदेश पर ही दिल्ली की संसद ने यह फैसला किया है।'

अन्ना ने अपने समर्थकों में जोश भरते हुए घोषणा की कि मैंने अनशन सिर्फ स्थगित किया है। असली अनशन पूरी लड़ाई के बाद ही टूटेगा। जन लोकपाल पर तीन मुद्दों का हल निकला है, शेष पर जीत मिलने तक हमें आवाज़ बुलंद रखनी होगी। तभी मेरा अनशन सही मायनों में टूटेगा। यह लड़ाई परिवर्तन की है। यह लड़ाई की शुरुआत भर है। तब तक पूरा परिवर्तन नहीं आ जाता तब तक हमें यह मशाल जलाए रखनी होगी।

अन्ना के साथी

वैसे तो रालेगण सिद्धी को आदर्श गांव बनाने, महाराष्ट्र में भ्रष्टाचार के विरुद्ध मुहिम चलाने और जन लोकपाल के लिए हुए आंदोलनों में लाखों-करोड़ों लोगों ने उनका साथ दिया।

आम जनता का साथ और समर्थन ही अन्ना के जीवन की थाती है। लेकिन यहां उन लोगों का जिक्र जरूरी है जिन्होंने जंतर-मंतर और रामलीला मैदान में हुए जन आंदोलनों का सफल बनाने और सरकार को झुकाने में अन्ना का जी-जान से साथ दिया।

टीम अन्ना

1. अरविंद केजरीवाल

रेमन मैग्सेसे पुरस्कार विजेता अरविंद केजरीवाल ने भ्रष्टाचार दूर करने और गरीबों के लिए लड़ाई लड़ने जैसे काम के लिए आयकर आयुक्त का पद छोड़ दिया। जन लोकपाल बिल उन्हीं के दिमाग की उपज है।

2. शांति भूषण

पूर्व कानून मंत्री शांति भूषण की पहचान एक प्रख्यात कानूनविद के रूप मे हैं। शांति भूषण वह शख्स हैं, जिन्होंने भारतीय न्याय व्यवस्था को जवाबदेह बनाने के लिए लड़ाई शुरू की है। वह लोकपाल विधेयक की मसौदा समिति के सह-अध्यक्ष भी थे।

3. संतोष हेगड़े

सर्वोच्च न्यायलय के भूतपूर्व न्यायाधीश और कर्नाटक के लोकायुक्त संतोष हेगड़े लोकपाल बिल के लिए गठित मसौदा समिति के सदस्य थे।

4. किरण बेदी

जब किरण बेदी ने लोकपाल विधेयक समिति की सरकारी अधिसूचना को लहराया, तो वह उनकी भ्रष्टाचार के ख़िलाफ़ लड़ाई में पहली भागीदारी नहीं थी। किरण बेदी भारत की पहली महिला आईपीएस अधिकारी हैं। 2007 में पुलिस सेवा छोड़कर अब वह सामाजिक बुराइयों के ख़िलाफ़ लड़ रही हैं। तिहाड़ जेल की व्यवस्था में बदलाव के लिए भी किरण बेदी को जाना जाता है।

5. प्रशांत भूषण

सुप्रीम कोर्ट के इस वरिष्ठ वकील को पीआईएल एक्टिविस्ट के रूप में भी जाना जाता है। जन आंदोलनकारियों और सामाजिक कार्यकर्ताओं के वह चहेते वकील हैं। लोगों की मदद के लिए वक़ालत को एक औज़ार के रूप में इस्तेमाल करते हैं। प्रशांत भी लोकपाल बिल के लिए गठित समिति के सदस्य थे।

अस्मिता नाट्य मंच

जन लोकपाल बिल के पक्ष में माहौल बनाने और भ्रष्टाचार के ख़िलाफ़

लोगों को एकजुट कर जंतर-मंतर और फिर रामलीला मैदान तक लाने में अस्मिता नाट्य मंच ने महत्त्वपूर्ण भूमिका निभाई। मंच के प्रमुख और जाने-मने नाट्य निर्देशक अरविंद गौड़ के निर्देशन में भ्रष्टाचार नाम से एक नुक्कड़ नाटक तैयार किया गया। शिल्पी मारवाह के नेतृत्व में 40 युवा नाट्य-कर्मियों की टोली ने अपने नुक्कड़ नाटकों के जरिए भ्रष्टाचार के ख़िलाफ़ अलख जगाई।

गांधीवादी का हाईटेक आंदोलन

सातवीं कक्षा तक पढ़े, ठेठ ग्रामीण परिवेश में पले, बढ़े और रहे 73 वर्षीय गांधीवादी अन्ना हज़ारे द्वारा जंतर-मंतर और रामलीला मैदान पर किए जन आंदोलनों की सफलता आज शोध का विषय है। एक बुजुर्ग जो अंग्रेज़ी तो दूर हिन्दी भी ठीक से नहीं बोल सकते, आज भी सफेद धोती-कुर्ता पहनते हैं और सिर पर गांधी टोपी लगाते हैं। उन्होंने चार महीनों के दौरान दो ऐसे जन आंदोलनों का नेतृत्व किया जिसके आदर्श तो पूरी तरह गांधीवादी थे लेकिन आम जनता को आंदोलन से जोड़ने के तरीके अत्याधुनिक थे।

अन्ना की रणनीति और उनके काबिल व मुस्तैद साथियों द्वारा किया आंदोलन का हाइटेक प्रबंधन ही था कि देश ही नहीं विदेशों में भी अन्ना के समर्थन में जन सैलाब उमड़ पड़ा। अन्ना की बेदाग छवि और भ्रष्टाचार के नित नए उजागर होते मामलों ने पूरे देश में ऐसी लहर पैदा की कि सरकार के होश उड़ गए।

एसएमएस और मोबाइल फोन के अलावा ई-मेल की इस आंदोलन में महत्त्वपूर्ण भूमिका रही। इसके साथ ही बड, ऑरकुट, ट्वीटर और फेसबुक जैसी सोशल नेटवर्किंग साइट्स का भी इस आंदोलन को जन आंदोलन

अन्ना एवं उनके साथी लोकपाल बिल के लिए जन आंदोलन पर

बनाने में महत्त्वपूर्ण योगदान रहा। यह माध्यम न केवल संदेश पहुंचाने का एक ज़रिया रहे, बल्कि इन्होंने इस आंदोलन को एक बहुत बड़ा आयाम दिया।

जंतर-मंतर पर अनशन करने के दौरान ही अन्ना युवाओं के हीरो बन चुके थे। इंटरनेट पर अन्ना का जलवा किसी सुपर स्टार से कम नहीं था। रामलीला मैदान में अनशन पर बैठने से लेकर अनशन तोड़ने के दौरान उनकी लोकप्रियता शिखर पर पहुंच गई थी। सोशल नेटवर्किंग साइट्स अन्ना के रंग में दिखाई दे रही थीं।

यू-ट्यूब पर अन्ना के नौ हज़ार से ज्यादा वीडियो अपलोड थे। अन्ना समर्थकों ने यू-ट्यूब पर उनके जंतर-मंतर पर किए अनशन, तिहाड़ से बाहर आने से लेकर रामलीला मैदान में उनके अनशन पर बैठने तक के वीडियो डाले। इंडिया अंगेस्ट करप्शन की कम्युनिटी पर हर मिनट 20 से ज्यादा लोग अपना समर्थन दे रहे थे।

अपने साथियों और समर्थकों के साथ अन्ना भी हाईटैक हो गए। रामलीला मैदान में अनशन कर रहे अन्ना को 12 दिन से पूरा देश टीवी और कम्प्यूटर पर देख रहा था लेकिन अन्ना हज़ारे खुद टीवी नहीं देख रहे थे। शनिवार को लोकपाल विधेयक पर हो रही बहस को उन्होंने आईपैड पर देखा। यहां तक कि अपनी बात आम जनता तक पहुंचाने के लिए उन्होंने यू-ट्यूब का बाखूबी इस्तेमाल किया।

ब्रांड अन्ना

अन्ना हज़ारे के भ्रष्टाचार विरोधी आंदोलन की गूंज पूरे देश में ही नहीं विदेशों में भी गूंजी। अब प्रबंधन संस्थाओं ने भी अन्ना को मैनेजमेंट में पढ़ाने का फैसला किया है। अन्ना को एक ब्रांड के रूप में पढ़ाया जाएगा। मैनेजमेंट और मार्केटिंग विशेषज्ञ किसी व्यावसायिक ब्रांड और अन्ना के आंदोलन में कई समानताएं देख रहे हैं

विशेषज्ञों का मानना है कि अन्ना और उनके आंदोलन में एक सशक्त ब्रांड के सारे लक्षण दिखाई देते हैं। अन्ना के आंदोलन में किसी धर्म, मत, वर्ग और उम्र की सीमा नहीं है और उनकी खुद की साफ-सुथरी छवि उन्हें इस रूप में ब्रांड बनाती है कि लोग जिसमें भरोसा कर सकें।

प्रबंधन विशेषज्ञों को अन्ना की मुहिम में एक ब्रांड से जुड़ी तीन प्रमुख चीज़ें देखने को मिलीं। पहली बात किसी उत्पाद को कितने लोग खरीदते हैं और इस मामले में आंदोलन को विशेषज्ञों ने इस रूप में देखा कि आंदोलन से कितने लोग जुड़े हैं। दूसरी चीज़ की लोग अपना भरपूर समय दे रहे हैं और दिल्ली के अलावा देश के दूसरे सुदूर कोनों से भी आ रहे हैं, जिसे विशेषज्ञ किसी ब्रांड के लिए अदा की गई कीमत के तौर पर देख सकते हैं।

ये बात भी शामिल होती है कि एक ब्रांड को पाने के लिए लोग कितनी परेशानी का सामना कर सकते हैं।

विशेषज्ञों के अनुसार अन्ना के चेहरे को देखें तो वह हमें महात्मा गांधी की याद दिलाता है और उनके सफेद कपड़े पूरे आंदोलन के बेदाग होने का प्रतीक हैं, जिसमें युवा भी अनुशासन से डटे रहे।

अन्ना हज़ारे के विचार

– ऐसी समृद्धि किस काम कि जब व्यक्ति के पास दौलत के ढेर तो हों, लेकिन उसे रात को सोने के लिए नींद की गोली खानी पड़े। जीवन में शांति, समृद्धी से नहीं संतुष्टि से मिलती है।

– मौजूदा राजनीति के भरोसे न रहें। एक पार्टी जाती है, दूसरी से आशा लगाते हैं, पर तीसरी भी वैसी ही निकलती है। दुर्भाग्य है कि हम उसी से काम चलाने को मजबूर हैं। हमें मौजूदा राजनीति का विकल्प तलाशना चाहिए।

– युवाओं पर भरोसा कीजिए। परिवार में बचपन से उनके संस्कार बनाइए। जीवन का अर्थ, समाज के प्रति कर्तव्य तथा जिम्मेदारी यदि आप नहीं मानते, तो संतानों से आपकी उम्मीद सही नहीं है।

– समाज के लिए कुछ करने का ज़ज्बा रखने वाले व्यक्ति में सहनशक्ति होना बहुत जरूरी है। क्योंकि जब वह समाज के रसूखदार लोगों के ख़िलाफ़ आवाज़ उठाएगा तो वो उसे अपमानित करेंगे। उस पर तरह-तरह के आरोप लगाकर उसका चारित्रिक पतन करेंगे। इतना परेशान

करेंगे कि वह व्यक्ति हिम्मत हार जाए। ऐसा सबकुछ सहन करने की इच्छाशक्ति होनी चाहिए।

– राजनीति में युवा चुनकर आ रहे हैं, मगर घरानाशाही से बदलाव नहीं आएगा। जो युवक अपने चरित्र और कर्मठता से चुनकर आएंगे, वो बदलाव लाएंगे। ऐसे लोगों को आगे लाने का रास्ता बनाएं।

– विनोबा भावे ने कहा है कि दान इन्सान को नादान बना देता है, लाचार बना देता है। उसका स्वाभिमान चला जाता है। सरकार या पैसे वालों की मदद लेकर योजना चलाने की बजाए सामूहिक श्रमदान की शक्ति बड़ी होती है। इस शक्ति की महत्ता मानें।

– अध्यात्म के नाम पर दिखावा, टीका-माला से काम नहीं चलेगा। मराठी के एक संत ने कहा है – जे का अंजले गांगले, तसी मने जापले, अर्थात् समाज में जो लोग दुखी हैं, उनके प्रति मैं क्या कर सकता हूं, वही करना भगवान की असली पूजा ह। यही सभी संतों ने कहा है कि जनसेवा ही भगवान की पूजा है।

– निर्लेप आंनद ही सच्चा आनंद होता है और यह अंदर से मिलता है। अगर तुम अंदर से शक्तिशाली हो तो बाहर की बुरी से बुरी चीज़ भी तुम्हें प्रभावित नहीं करेगी।

– जहां कोई आदर्श निर्माण होता है, तो लोग उसे आदर्श मानने लग जाते हैं, लेकिन उस आदर्श की तरह खुद को बनाने की कभी कोशिश नहीं करते। उस आदर्श की तरह फोटो लगाना, माला पहनाना, उसका सार्वजनिक स्वागत करना इस सबसे देश का भला नहीं होने वाला। आदर्श को मानना है तो हमें उसका अनुकरण करना होगा, तब उसका सही परिणाम देश को, समाज को देखने को मिलेगा। आज तो हालात यह है कि कोई भी नेता, किसी भी क्षेत्र में दौरे पर निकल जाए, सभा में भाग ले, तो आप देखेंगे

उस सभा में उसका महिमामंडन होता है। उसकी प्रशंसा में विरुदावली गाई जाती है। यहां तक कि लोग उसके पैर पड़ते हैं। अब ऐसे आदर्श का क्या करें? दर्शन दिया, स्वागत करवाया, चमचों से पैर पड़वाए और चले गए। उससे क्या भला होना है देश का, समाज का? ईमान बचाना है तो ऐसे आदर्शों से बचो।

– समाज को, देश को सुधारने से पहले व्यक्ति को सुधारना जरूरी है। व्यक्तिगत विकास बहुत जरूरी है। उसके बगैर कुछ भी संभव नहीं है।

– ऊंची-ऊंची बिल्डिंग बनाने से ज्यादा जरूरी है, इंसानियत को ऊपर उठाना। लेकिन हो उल्टा रहा है। ऊंची-ऊंची बिल्डिंग लगातार बढ़ती जा रही हैं और इंसानियत लगातार गिरती जा रही है।

– जीवन में नैतिकता बहुत जरूरी है। बचपन से ही अपने बच्चे में नैतिकता के गुण विकसित करें।

– बदलाव लाने के लिए दृढ़ इच्छाशक्ति होनी चाहिए। यह उम्मीद सिर्फ शब्दों से नहीं है। मेरा मानना है जहां 99 प्रतिशत घोर चारित्रिक पतन और भ्रष्टाचार का बोलबाला हो, वहां चरित्र की कसौटी पर खरे उतर सकें, ऐसे एक प्रतिशत लोग देश का भाग्य बदल सकते हैं।

पुरस्कार और सम्मान

– 1986 में इंदिरा प्रियदर्शिनी व मित्र पुरस्कार।

– 1988 में मैन ऑफ द ईयर अवार्ड।

– 1989 में महाराष्ट्र सरकार का कृषि भूषण पुरस्कार।

– 1990 में पद्मश्री सम्मान।

– 1992 में पद्मभूषण सम्मान।

– 1996 में विवेकानन्द सेवा पुरस्कार

– 1997 में शिरोमणि अवार्ड।

– 1997 में महावीर पुरस्कार।

– 1998 में केयर इन्टरनेशनल सम्मान।

– 1998 में रॉटरी इन्टरनेशनल मानव सेवा पुरस्कार।

– 1999 में दिवालीबेन मेहता अवार्ड।

– 1999 में नेशनल इंटरग्रेसन अवार्ड।

– 1999 में जनसेवा अवार्ड।

– 2000 में पॉल मित्तल नेशनल अवार्ड।

– 2000 में विश्व वात्सल्य अवार्ड।

– 2000 में बासवश्री प्रशस्ति।

– 2000 में जांयट्स इंटरनेशनल अवार्ड।

– 2003 में ट्रांसपेरेंसी इंटरनेशनल इंटेग्रीटि अवार्ड।

– 2008 में विश्व बैंक का जित गिल स्मारक पुरस्कार।

– 2009 में रवीन्द्रनाथ टैगोर अंतर्राष्ट्रीय शांति पुरस्कार।

अन्ना हज़ारे का देश के लोगों के नाम संदेश

ऐ मेरे देशवासियो,

अगर सरकार वास्तव में जन लोकपाल विधेयक लाने के प्रति गंभीर है, तो वह कल से संसद में इस पर चर्चा शुरू कर दे। सत्ता पक्ष और विपक्ष में इस मुद्दे पर सहमति हो जाती है, तो मैं अनशन समाप्त कर दूंगा, लेकिन धरना तब तक जारी रहेगा, जब तक मेरी सभी मांगों को मान नहीं लिया जाता। जन लोकपाल की तीन प्रमुख मांगों को हर हाल में सरकार को मानना होगा, जिनमें ग्राम सेवक से लेकर मंत्रालय तक को जन लोकपाल के दायरे में लाना, राज्यों में लोकपाल के समान अधिकार वाले लोकायुक्त की नियुक्ति करना और लोगों का काम तय समय सीमा के अंदर सुनिश्चित करना शामिल है। जब तक इन मांगों को माना नहीं जाएगा, तब तक मैं अपना आंदोलन जारी रखूंगा।

भ्रटाचार के कारण आज गरीबों का जीना मुश्किल हो गया है और किसानों की समस्याएं बढ़ती जा रही हैं। माल खाए मदारी, नाच करे बंदर। कुछ लोग खाने के लिए जी रहे हैं, लेकिन कुछ लोग जीने के लिए खा रहे हैं। कुछ लोगों के सामने यह चुनने की समस्या है कि वे क्या-क्या

खाएं? आज ग़रीबों से राशन कार्ड बनाने के लिए भी पैसे लिए जाते हैं। किसी विकास योजना के संबंध में सूचना के अधिकार के तहत कोई भी जानकारी ली जाती है और उसमें भ्रटाचार से संबधित मामलों पर सबूत के साथ ही अधिकारियों के पास शिकायत की जाती है, तो भी उस पर उच्च स्तर पर कोई कार्रवाई नहीं होती। यहां तक कि वरिष्ठ अधिकारियों के पास शिकायत करने पर भी किसी को दंडित नहीं किया जाता। अधिकारियों कि ख़िलाफ़ कार्रवाई की व्यवस्था तो है, लेकिन इस पर अमल नहीं किया जाता है। लोकपाल के माध्यम से ऐसी व्यवस्था की जाए कि भ्रटाचार के मामले में यदि कोई अधिकारी दोषी पाया जाता है, तो न केवल उसे दंडित किया जाए, बल्कि उसे नौकरी से भी निकाल दिया जाए। भ्रटाचार के नुक़सान की वसूली उससे की जाए। उसकी संपत्ति ज़ब्त हो, उसके परिजनों की संपत्ति ज़ब्त हो। लोकपाल के पास ये अधिकार हैं। ऑफिस के बाहर लिखा हो कि कौन-सा काम कितने दिन में पूरा होगा। राज्यों में भी लोकपाल के समान अधिकार वाले लोकायुक्त होने चाहिए। तभी भ्रटाचार को पूरी तरह से रोका जा सकता है। लोकपाल सिर्फ़ केन्द्र सरकार के अधिकारियों और कर्मचारियों को ही दंडित कर सकता है। राज्यों में होने वाले भ्रटाचार पर लगाम तो लोकायुक्त ही लगा सकता है। ये लोकायुक्त शक्तिशाली हो।

प्रधानमंत्री ने मेरी प्रशंसा की, धन्यवाद। लेकिन, मुझे इसमें भी धोखा लगता है। कहीं ऐसा न हो कि ऊपर से प्रशंसा करें और अंदर से चूहा छोड़ दें। मैं सरकार के हाथों दो बार धोखा खा चुका हूं और अब ऐसा नहीं होने दूंगा। विपक्षी दल मौन क्यों हैं? विपक्षी दलों को जन लोकपाल विधेयक को पूरा समर्थन देने के साथ ही सतारूढ़ दल की खिंचाई करनी चाहिए। यदि वे ऐसा नहीं करते हैं, तो इसका मतलब है कि उनका जन लोकपाल विधेयक को पूरा समर्थन नहीं है। आज लोग मेरे स्वास्थ्य की चिंता कर रहे हैं, लेकिन इसमें दस दिन क्यों लग गए? एयर कंडीशन वालों को मेरे स्वास्थ्य की कोई चिंता नहीं हैं।

जान भी देंगे, ऐ वतन तेरे लिए! हो सकता है, सरकार धोखाधड़ी करे, ज़बर्दस्ती भी की तो शरीर में जब तक प्राण है, लड़ता रहूंगा। करोड़ों की योजनाएं चलाईं, पर तिनके-भर रिश्वत नहीं ली, वरना आज मेरा बैंक बैंलेस होता। मैंने जीवन में कोई दाग़ नहीं लगने दिया है। मैं एक कमरे में रहता हूं और मेरे पास एक थाली है। सरकार ने मेरे पीछे कई आदमियों को लगाया, मेरी टीम की खोजबीन की, पर अब जब तक भ्रष्ट नहीं झुकते, मैं उठूंगा नहीं, उठाया तो जेल भरो, पर अहिंसा के साथ। देश के लिए जेल जाने से भूषण मिलता है, सम्मान बढ़ता है, प्रतिष्ठा मिलती है। जेल में खाना भी मिलता है। अपने सांसदो के घरों में पहुंचना। कम संख्या में नहीं जाना, 20-25 हज़ार लोग जाओ।

वंदे मातरम्! भारत माता की जय! इंकलाब जिंदाबाद!

25 अगस्त, 2011

रामलीला मैदान, दिल्ली।

सबसे लंबे अनशन

इरोम चानू शर्मिला, 10 साल

सन् 2000 में उत्तर पूर्वी राज्यों से आर्म्ड फ़ोर्सेस स्पेशल पॉवर एक्ट, 1958 को हटाने की मांग पर अनशन शुरू किया। शर्मिला को दुनिया की सबसे बड़ी अनशनकारी कहा जाता है।

स्वामी निगमानंद, 1 1 5 दिन

अवैध खनन को रोकने के लिए 19 फरवरी से अनशन पर बैठे। उनकी मांग थी की राज्य सरकार जब तक इस खनन को रोकने का ऑर्डर नहीं देती, तब तक अनशन जारी रहेगा।

पोत्ती श्रीरामुलू, 82 दिन

सन् 1952 में आंध्र रीजन को मद्रास प्रेसीडेन्सी से अलग करने की मांग को लेकर भूख हड़ताल शुरू की गई। सरकार ने मांग नहीं मानी। अनशन के 82 वें दिन श्रीरामुलू की मृत्यु हो गई।

भगत सिंह, 63 दिन

सन् 1999 में राजनीतिक क़ैदियों के लिए अख़बार, साफ़ कपड़े जैसी महत्वपूर्ण मांगों को लेकर भगत सिंह ने अनशन शुरू किया। मांग नहीं मानी गई। अनशन के दौरान भगत के साथी जतिनदास की मृत्यु हो गई।

मास्टर तारा सिंह, 48 दिन

सन् 1967 में पंजाबी सभा के बाद पंजाब प्रांत के तीन टुकड़े हो गए थे। ये पंजाब, हिमाचल-प्रदेश और हरियाणा के रूप में सामने आए। अनशन के आख़री दिन मास्टर तारा सिंह की मौत हो गई।

ममता बनर्जी, 25 दिन

सन् 2006 में पश्चिम बंगाल सरकार के ख़िलाफ़ अनशन शुरू किया। उनकी मांग थी कि सरकार सिंगूर में अधिग्रहण की गई किसानों की ज़मीन वापिस लौटाए।

महात्मा गांधी, 21 दिन

सन् 1943 में अंग्रेज़ी शासन के ख़िलाफ गांधी जी का कपड़ा सत्याग्रह आन्दोलन चला। गांधी जी ने अन्न-जल सब त्याग दिया था, जिसके चलते ब्रिटिश सरकार घबरा गई।

के. चन्द्रशेखर राव, 11 दिन

सन् 2009 में तेलंगाना राष्ट्र समिति के अध्यक्ष चन्द्रशेखर राव ने अलग तेलंगाना राज्य की मांग को लेकर अनशन शुरू किया। उनकी मांग सरकार ने मान तो ली, पर अमल नहीं किया गया।

देश के ऐतिहासिक आन्दोलन

चंपारण और खेड़ा सत्याग्रह, 1918

आज़ादी के लिए अंग्रज़ों से लोहा लेने वाले महात्मा गांधी इस आन्दोलन के सूत्रधार थे। उन्होंने 1918 में चंपारण और खेड़ा सत्याग्रह किया। किसानों को अपने गुज़ारे के लिए जरूरी फ़सलों की बजाय नील की खेती करनी पड़ती थी। खेड़ा में सरदार पटेल के आगे अंग्रेज़ झुक गए। उन्होंने राजस्व उगाही और इसके संग्रहण पर समझौता किया। आंदोलन के बाद राजनीतिक क़ैदी रिहा किए गए।

नमक सत्याग्रह, 1932

महात्मा गांधी ने अंग्रेज़ों द्वारा थोपे गए नमक कर को लेकर आन्दोलन किया। इसके विरोध में उन्होंने 1932 में अहमदाबाद से दांडी तक मार्च किया। महात्मा गांधी की इसमें जीत हुई। आन्दोलन के दौरान 1 लाख लोगों ने गिरफ़्तारियां थीं।

भारत छोड़ो आन्दोलन, 1942

9 अगस्त, 1942 को गांधी जी ने 'अंग्रेज़ों भारत छोड़ो' का नारा दिया।

उन्हें गिरफ़्तार कर लिया गया, लेकिन घबरार अंग्रेज़ सरकार ने उन्हें रिहा भी कर दिया। आन्दोलन का सबसे बड़ा नतीजा यह रहा कि समूचा भारत पूरी तरह एकजुट हो गया। सभी राजनीतिक क़ैदियों की रिहाई हुई।

भूदान आन्दोलन, 1950

आचार्य विनोबा भावे ने 1950 से 60 के बीच भूदान आंदोलन किया। कई लोगों ने अपनी ज़मीन दान में दे दी। आन्दोलन का प्रभाव बहुत व्यापक था। राज्यों ने भूमि की चकबंदी का कानून बना। इससे कमज़ोर भूमिहीनों को लाभ हुआ।

जे पी आन्दोलन, 1974

लोकनायक जयप्रकाश नारायण को 1970 में इंदिरा गांधी के विरुद्ध आवाज़ उठाने के लिए जाना जाता है। आन्दोलन आपातकाल में देश की आवाज़ बन गया। सरकार झुकी, आपतकाल वापस हुआ और आम चुनावों की घोषणा की गई। इन चुनावों में इन्दिरा गांधी और कांग्रेस की करारी हार हुई।

करिश्माई अन्ना हज़ारे

नवजात अन्ना

बिहार के दरभंगा स्थित सरकारी अस्पताल में अन्ना आन्दोलन के बीच 6 दिनों में 185 बच्चों का जन्म हुआ। दिलचस्प बात यह थी कि इन सभी बच्चों का नाम अन्ना रखा गया, जैसे अन्ना पासवान, अन्ना झा, अन्ना यादव अन्ना मिश्रा, अन्ना चौधरी, अन्ना कुमारी,। दरभंगा मेडिकल कॉलेज एण्ड हॉस्पिटल के सूरज नायक के अनुसार अस्पताल में प्रतिदिन 25 से 30 बच्चों का जन्म होता है। उन सभी के माता-पिता ने बच्चों का नाम अन्ना रखा।

अन्ना गांव

लोकनायक अन्ना हज़ारे का यह करिश्मा ही है कि उत्तर-प्रदेश के चन्दोली ज़िले के एक छोटे से गांव रेमा के लोगों ने अपने गांव का नाम बदलकर अन्ना गांव रख लिया और वहां के सभी लोगों ने अपने नाम के आगे अन्ना जोड़ने का फ़ैसला किया। गांव में तब से पैदा होने वाले हर बच्चे के नाम के आगे भी अन्ना जोड़ा जाने लगा।

अन्ना क्लास

आन्दोलन से प्रभावित होकर एक स्कूल ने अपने छात्रों के लिए अन्ना क्लास प्रारंभ की। इसमें 45 मिनट तक भ्रष्टाचार हटाने एवं आचारण सुधारने के लिए हर दिन छात्रों को पढ़ाया जाता है।

प्रश्नावली

1. अन्ना हज़ारे का जन्म कब हुआ?

   क. 10 जून 1938 ख. 14 जून 1938

   ग. 15 जून 1988 घ. 26 जून 1938

2. किस पुस्तक ने उनकी जीवन दिशा बदल दी?

   क. जीवन का धागा ख. जीवन की प्रेरणा

   ग. जीवन का सार घ. जीवन ज्योति

3. अन्ना हज़ारे को पद्मभूषण से कब सम्मानित किया गया?

   क. सन् 1993 ख. सन् 1982

   ग. सन् 1992 घ. सन् 1995

4. अन्ना हज़ारे के गांव का नाम क्या था?

   क. रालेगण सिद्धी ख. रालेगण नगर

   ग. सिद्धी विनायक घ. माधव नगर

5. जन लोकपाल बिल से क्या दूर होगा?

क. अत्याचार ख. हिंसा

ग. अपराध घ. भ्रष्टाचार

6. अन्ना हज़ारे पर बनी फिल्म का नाम है?

क. सत्य की खोज ख. प्रकाश की खोज

ग. जीवन की खोज घ. अगम्य की खोज

7. 'सूचना का अधिकार' के लिए अन्ना ने कब आंदोलन शुरू किया?

क. सन् 1993 ख. सन् 1995

ग. सन् 1997 घ. सन् 1991

8. अन्ना हज़ारे ने जन लोकपाल के लिए पहला अनशन कहां किया?

क. इंडिया गेट ख. रामलीला मैदान

ग. चांदनी चौक घ. जंतर-मंतर

9. रामलीला मैदान में अन्ना का आंदोलन कितने दिल चला?

क. 17 दिन ख. 12 दिन

ग. 14 दिन घ. 15 दिन

10. आजाद भारत में सबसे ज्यादा अनशन किसने किए?

क. खैरनार ख. किरण बेदी

ग. मेधा पाटकर घ. अन्ना हज़ारे

उत्तर

1.ग, 2.क, 3.ग, 4.क, 5.घ, 6.घ, 7.ग, 8.घ, 9.ख, 10.घ